Ye

1151

# LA VIE, MORT,
## ET
# MIRACLES
## DV TRES-ILLVSTRE
# S. BRVNO,
## PATRIARCHE
## DE L'ORDRE
## DES CHARTREVX.

### A PARIS,

Chez MATHVRIN & IEAN HENAVLT, pere & fils,
ruë S. Iacques, présles Iesuites, à l'Ange Gardien.
M. DC. XLII.

# LA VIE, MORT, ET MIRACLES
# DV TRES-ILLVSTRE
## S. BRVNO, PATRIARCHE DE
## L'ORDRE DES CHARTREVX.

### DIVISEE EN QVATRE CHANTS.

---

## PRDMIER CHANT.

Ie chante sainct BRVNO, ses hauts faits,
  ses miracles,
Sa rare pieté, ses dits & ses oracles:
Sainct BRVNO, ce grand Sainct, dans
  le Ciel si heureux,
Pour s'estre fait l'autheur de l'Ordre des Chartreux.
  Toy donc, le Sainct des Saincts, qui donnas le courage
A mon Sainct d'entreprendre vn si diuin ouurage,
Donne moy que ie puisse acheuer ce pourtraict,
Et ne me quitte point qu'il ne soit tout parfaict.
  Dans Paris se faisoient de ces pompes funebres
Qui rendent par le noir le iour mesme en tenebres,
On portoit en geand dueil le corps mort d'vn Docteur
Tres-sçauant, en la chaire & grand Predicateur,

L'Vniuerſité meſme en faiſoit le modelle
De tout ce qu'elle auoit de bon & doɛte en elle
C'eſtoit au vœu de tous vn reliquaire ſainɛt,
L'Egliſe le celebre & le peuple le plaint.
Reueſtu d'ornements en ſa biere ouuerte,
Les gands peints en ſes mains, la face deſcouuerte
On luy fait ſon Seruice, & quand ce vient au ſon
De ces mots, Reſponds moy, qu'on lit en la Leçon,
Il ſe leue tout droiɛt, on l'eſcoute en ſilence,
Il dit d'vne voix roque à toute l'aſſiſtance,
Deuant Dieu l'on m'accuſe : il ſe couche, il s'endort,
Sa paupiere ſe ferme, il bleſmit, il eſt mort.
Tout Paris s'eſpouuante & en troupe s'aſſemble
Le lendemain matin, le Clergé vient enſemble,
Le Seruice ſe fait, quand on dit Reſponds moy,
Il ſe leue de meſme, & ſaiſi tout d'effroy ;
Il dit : Ie ſuis iugé. Par apres il retombe,
Tout le peuple s'approche au deſſus de ſa tombe :
Il eſt plus froid que marbre, & ſur ſon pauure cœur
On ne trouue ny poux, ny force ny vigueur.
On remet le Seruice au lendemain encore,
Où tout Paris ſe trouue auant meſme l'Aurore.
Pour la troiſieſme fois il ſe leue à ces mots,
D'vn langage coupé d'effroyables ſanglots :
Il s'eſcrie tout haut : Par vn iugement iuſte
De Dieu, ie ſuis damné : moy meſchant & iniuſte.
Ce coup frappe l'oreille, & chacun en ſon flanc
Se ſent faillir le cœur, & ſe glacer le ſang :
On iette ce cadaure au deſert des viperes,
Indigne de dormir au doux ſein de ſes peres.

Et à ce que jamais tel accident n'aduint
On raya ces deux mots du Rituaire sainct.
    S. B R V N O, que le Ciel a doüé d'vn courage,
Capable du mépris des honneurs de son aage,
Issu de ce vieil sang des premiers Empereurs,
Des Princes d'Italie, & de ces Dictateurs,
Qui rouloient sous leur langue, & la paix & la guerre,
Portée aux quatre coings de ce rond de la terre :
Qu'Agrippine enuoya peupler de Veterans,
La ville de Coloigne, entre les Allemans,
Et de son royal Nom former toute munie,
Vne place importante, & sous sa Colonie ;
S. B R V N O, que I E S V S a percé de son dard
Pour porter au desert de sa Croix l'estendard,
Faire reuiure Elie, & son S. Iean Baptiste,
Accroistre leur milice, & les suiure à la piste ;
D'entre ceux qu'il cognoist pour ses parfaits amis,
Les plus zelez à Dieu, il faict le choix de six,
Le premier Laudouin & l'vn & l'autre Estienne,
De Burges & de Die, & dont l'ame est la sienne,
Hugues, qui seul est Prestre, est dict le Chappelain,
Le suiuant est André, le dernier est Guerin :
Ces deux ne furent point initiez aux Lettres,
Tous les autres apres se consacrerent Prestres ;
Les sanglots à la bouche & les larmes aux yeux,
Le cœur tout pantelant, les mains deuers les Cieux,
Il leur dit, Mes amis, mes compagnons d'eschole,
Nous sommes tous perdus, le monde est vne idole,
Vn masque contrefaict, vn piege trompeur,
Vne follie estrange, vn diable pipeur,

Qui nous berce en noſtre aiſe, & n'y prenans pas garde,
Dans ſon gouffre Eternel, il nous lance, il nous darde.
Quoy? n'auons-nous pas veu ce perdu, ce damné,
Nous paroiſtre vn S. Paul? le voila condamné.
Le pudique Ioſeph ne ſembloit pas plus chaſte,
La feinte pieté n'eut iamais plus de faſte.
Que c'eſt peu de ce monde! & combien nous perdons
Pour le peu de ce vent qu'icy nous poſſedons!
Quittons le tout à faict, ſa pompe & ſa miſere,
Et cherchons IESVS-CHRIST en vn deſert
    auſtere.
Auez-vous de la braiſe aſſez en voſtre ſein,
Pour me ſuiure tous ſix en vn ſi haut deſſein?
Allons, ie vous feray les compagnons des Anges,
Domeſtiques de Dieu, les voix de ſes loüanges.

    Pendant ce ſainct diſcours tous les autres pleuroient,
A le ſuiure au deſert l'vn l'autre ils s'échauffaient,
Se jettans à genoux d'vne voix vnanime,
Ils luy dient rauis ce propos magnanime.

    Noſtre ſainct Patriarche, ordonnez de nous tous,
Nous ſommes vos enfans, nous ſommes tout à vous.
Quel plus ſçauant au monde à croire, aimer & ſuiure?
Quel plus deuôt & ſainct nous apprendroit à viure?
Diſpoſez de nos vœux, de nos vies encor,
Viure ſous voſtre voix, nous eſt vn ſiecle d'or.
Vous eſtes noſtre Pere & noſtre Chef ſupreſme,
Nous vous obeïrons, comme à IESVS-CHRIST meſme.

    Mes enfans, leur dit-il, i'accepte donc vos vœux,
Et pour marque, à vous tous ie couppe les cheueux,
Ie vous donne vn habit blanc comme l'innocence,

Qu'il nous faut profeſſer à l'eternelle eſſence :
Ie rends mes vœux à Dieu, ainſi que vous à moy,
Pour porter deuant tous le flambeau de la Foy,
Puis que vous me donnez ceſte premiere place,
Ce ſera pour frayer dans le deſert la trace,
Affronter les Lions marcher ſur les ſerpents,
Qui viuent de la terre & les aſpics rempans.
Ma reigle eſt d'imiter la vie Eremitique,
Et la ioindre aux douceurs de la Cenobitique,
Chacun ſon Hermitage, & tous enſemble vnis
Ferons vn Cloiſtre clos, à tous par indiuis,
Vne Egliſe pour tous où la troupe s'aſſemble,
Et par jours eſtablis nous mangerons enſemble:
Le reſte ſe renferme en ſept mots ſeulement,
Les trois vœux d'ordinaire & par accroiſſement,
Le cilice commun, ſolitude, & ſilence,
Et de toutes les chairs eternelle abſtinence.
    Tous ainſi reſolus ils preparent conſtans
Leur petit neceſſaire, & attendent le temps,
Il vendent tous leurs biens & aux pauures le donnent,
Pour ſuiure IESVS-CHRIST le monde ils abandonnetnt:
Deſpoüillez de tous biens ils s'acheminent nuds,
Cherchans quelque ſejour ſur les Alpres chenus.
Lors Dieu change leur ame, & à l'aimer les ploye,
Leur fait haïr le monde & leur donne la joye,
La joye interieure, & n'ont plus en l'eſprit,
Que l'amour tout ardant du Sauueur IESVS-CHRIST,
Ils triomphent du monde, ils en ont la victoire,
N'aſpirans desormais qu'à l'eternelle gloire.

b ij

# SECOND CHANT.

IESVS-CHRIST qui n'auoit excité ce-
ste voix
Du mort resuscité par trois diuerses fois,
Que pour produire vn bien dont il void la
semence,
Et la conuersion des hommes d'importance,
Et que le populaire à l'exemple imitast
Ceste haute vertu, & en fin se sauuast:
Publie en vn moment de ses saincts le Voyage
Diuulgant leur entrée en ce pelerinage.
Son Vicaire Gregoire au septiesme du Nom
Le sceut tout le premier par vne vision.
Il se void, ce luy semble, en sa plus Grande Eglise,
De Sainct Iean Lateran: sur l'Autel il aduise,
Que IESVS au tres-sainct Sacrement de l'Autel,
Reprend sa forme humaine, & d'vn pas immortel
Il descend, sort la porte assisté, de ses Anges,
Qui de Luts & de voix entonnoient ses loüanges,
Le Pape enueloppé de ces diuins esprits,
Le suit pres de sa robbe & de ioye est espris.
Hors de Rome IESVS dessus l'Apennin monte:
Fend toute l'Italie & d'vne course prompte,
Les Alpes deualant s'arreste en vn rocher,
Et luy dist; Desormais faut icy me chercher.
I'y plante iusqu'au Ciel la Croix de ma victoire,

I y

I'y esleue à iamais le Throsne de ma gloire.
L'image disparoist, le Pape seulement
En apprit le mystere auec l'euenement
Il a tousjours present ce rocher à trois pointes,
Et les void dans le Ciel en vn estre conjointes,
Les doux mots de IESVS luy sont tousjours presens,
L'Image disparu frappe tousjours ses sens.

    Hugues sainct personnage Euesque de Grenoble,
Homme de mœurs, de vie, & de naissance noble,
S'endormant au matin voyoit ce luy sembloit,
Sept estoiles montans à ce roc qu'il cognoit,
Il les suit, il y trouue, en sa Majesté mesme,
Le Sauueur IESVS-CHRIST d'vne beauté supresme,
Qui d'vn art admirable éleuoit vn Palais
Pour seruir de demeure à ces Astres bien-faits,
Qui rodent tout autour éleuez de la terre;
Leur lumiere sembloit à l'esclair du tonnerre,
La plus grande a l'esclat comme d'vn beau Soleil,
Les six pour epicicle ont le clin de son œil,
Leur mouuement, leur cercle, & toute leur puissance
Suit de IESVS la route & sa diuine essence.

    Or comme il se prepare à luy faire Oraison,
Il s'esueille & l'Image occupe sa raison,
A sçauoir le secret; à tous il le demande:
Mais il ne trouue aucun qui responce luy rende.
Comme il en parle encore, on le vient aduertir,
Que sept Religieux, auant que de partir,
Le veulent voir en face: Et bien, dit-il, qu'ils montent,
Ce qu'ils ont à nous dire, eux-mesmes le racontent.
Lors entre S. BRVNO, suiuy des autres six,

Quand il les void tous sept, il a les sens rauis:
Voila, dit-il, mon songe, & voila les estoiles,
Qui de ma vuide nef tendoient toutes les voiles,
Pour me porter au port d'en sçauoir le secret,
Et n'y pouuant surgir ie mouroy de regret.
Le deuôt S. BRVNO d'vn pas humble s'aduance,
Les six à ses costez, & venus en presence,
Se jettent à genoux pour luy baiser les pieds,
Il ne le souffre pas, mais ses bras repliez,
Autour du col du Sainct, il le serre & l'embrasse,
Il le baise à la ioüe & le prie de grace,
De luy rendre raison du mouuement subit:
Pourquoy changeant de vie il porte cét habit,
Et luy qu'il a cogneu si sçauant en l'échole,
Docteur en l'art diuin, si puissant en parole,
La gloire de la France & des Lettres le prix:
Comment laisse t'il veuf de luy-mesme Paris.
Ha bien-heureux Prelat, dit sainct BRVNON à l'heure
Mes yeux me font quitter ceste auguste demeure,
Mes yeux, qui ne sçauroient jamais noyer l'effroy,
La douleur & l'ennuy qui regne dedans moy:
Vous le sçauez, le bruit en court toute la France,
De ce mort par trois fois, sa misere & souffrance,
Que luy resuscité tousjours autant de fois
A declaré tout haut d'vne effroyable voix:
Nous auons tout quitté pour ne nous perdre au monde,
Maintenant nostre vie est toute vagabonde,
Nous cherchons la retraite en des affreux deserts:
Pleust à Dieu que nos vœux feussent assez diserts,
Pour vous persuader à vous rendre nostre hoste

En vne solitude entierement deuôte,
Sainct Hugues leur a dict : Mes Peres, mes enfans,
Ie vous voy de la terre & du Ciel triomphans :
Car Dieu m'a reuelé qu'vne telle entreprise
Est toute pour sa gloire & de sa saincte Eglise,
Il m'a monstré le lieu où dés l'eternité,
Il a voulu vous voir dedans l'austerité.
C'est vn mont ; où iamais la terre vierge & druë,
N'a senty le trenchant de soc ny de charruë,
Son Chef à triple-pointe auoisine les Cieux,
Couppé à fonds de cuue, & le regard des yeux
Du plus haut iusqu'en bas bouleuerse la teste,
Estourdie du bruit d'vne horrible tempeste,
Que les flots d'vn torrent qui couppe en deux ce mont
Font au creux d'vne fente en vn lieu si profond,
Que retiré du bord on ne le peut entendre.
Plus large par le bas, en haut il se vient rendre,
En s'approchant si fort que par vn petit pont
Où va de l'vn à l'autre, & se joint en vn mont :
Le pont mesme leué c'est vne forteresse,
Ou toute violence est moindre que l'adresse.
Les nuages espais y dorment en tout temps,
C'est l'Hyuer sans Estè, Automne ny Printemps,
Les frimats, les glaçons & les neiges chenuës,
Font vne liaison du mont auec les nuës,
Pour le dire en vn mot, hommes ny animaux,
N'en ont peu supporter les peines & les maux,
Son aspreté si grande à bon droict me faict croire,
Que c'est vne montagne à faire vn purgatoire.
C'est ce que nous cherchons, dict nostre sainct BRVNON,

c ij

Allons-y de ce pas, pour jouïr de ce don,
Nous chanterons si haut de IESVS les loüanges,
Que pour les escouter y descendront les Anges:
Les celestes vertus nous y viendront chercher,
Les froideurs esteindront les ardeurs de la chair,
Nos passions du monde y serons moderées
Plus proches nous seront des voûtes ætherées:
Nous joindrons nostre voix & nos airs à leurs airs,
Allons donc habiter ces hauts lieux, ces deserts.
Ils y vont à grand peine, & montans à grand joye:
Ils font pour y aller vne nouuelle voye:
S. Hugues asseuré du sainct vouloir de Dieu,
Y meine le Clergé, tout les peuples du lieu,
Les suiuent à la foule estonnez du spectacle,
Et de la nouueauté de ce double miracle.
Arriuez sur le mont le deuôt sainct BRVNON,
Se jette à deux genoux en acceptant ce don;
Il en baise la terre, à deux bras il l'embrasse,
A Dieu & à l'Euesque il en rend humble grace.
O beau mont, dit-il lors, tu surpasse en douceur,
Le delice des champs, le Liban en odeur:
Desormais tu auras des roses sans espines,
Des fruicts delicieux & des plantes diuines:
Sur tes rochers aigus les cieux s'abaisseront,
Sur tes aspres costaux leur miel ils verseront.
Tu seras vne ruche où de Dieu les abeilles,
Formeront la lumiere à ses rares merueilles:
Ce mont sera le centre où les lignes du rond
De mon Ordre eternel toutes s'aboutiront:
  Il demande son nom, il s'appelle Chartreuse;

Luy

Luy diſt-on promptement. La rencontre eſt heureuſe,
Diſt le Sainct Patriarche, & nous pour eſtre heureux
Nous ſerons à iamais appellez les Chartreux :
Comme eſtant vne Chartre où nos vœux nous enſerrent,
Vocation de Dieu où nos vœux nous enterrent,
Non ſeulement icy nous aurons ce beau nom
Mais par tout où ſeront les enfans de BRVNON.
    Sainct Hugues le pria qu'vne place il eliſe
Pour y planter l'Autel, & y baſtir l'Egliſe.
Et lors comme le Sainct y deſignoit le lieu,
Sainct Hugues s'écria ; c'eſt-là meſme que Dieu
Faiſoit l'allignement que ie veis en mon ſonge,
Maintenant ie le voy, ce n'eſt point vn menſonge.
Beaux Aſtres que i'ay veus roder autour de luy,
Ie vous tiens bien-heureux, ie vous loüe aujourd'huy,
Vous venez en camp clos faire au demon la guerre,
Et la paix auec Dieu pour en benir la terre.
Ie me rends auec vous pour ſuiure voſtre voix ;
Ie renonce à moy-meſme, & me range à vos loix.
Et vous Sainct Patriarche, acceptez mon hommage,
Ie ſuis voſtre diſciple, à vos vœux ie m'engage:
Sainct BRVNO ne vouloit accepter cét honneur,
Mais il y fut contraint eſtant fait de bon cœur.
    A baſtir on trauaille, on fait le Monaſtere.
Pour reduire en practique vn deſſein ſi auſtere,
S'oppoſe vn accident que le mont n'a point d'eau,
Quoy qu'à ſes deux coſtez coule vn double ruiſſeau
Qui le borne & le ferme en ligne paralelle,
Mais l'eau en eſt ſi bas qu'on ne peut ioüir d'elle.
De creuſer dans le roc vn puits aſſez profond

D

On le treuue impoßible, & l'esprit s'y confond.
En cette anxieté sainct BRVNO prend courage
Se iettant à genoux tient à Dieu ce langage :
    Source viue, IESVS, de qui les sainctes eaux
Font remonter au Ciel les perennels ruißeaux,
Vous voyez nos besoins, vous sçauez nostre peine,
Faites iaillir du roc vne große fontaine
Dont l'eau soit suffisante à nourrir tout ce lieu.
    La parole finie on void sourdre au milieu
Les eaux à gros boüillons qui courans la campagne
Vont se precipitant au bas de la montagne.
Le peuple en loüe Dieu, & donne à l'eau ce nom,
La fontaine du Sainct, les eaux de sainct BRVNON.
Pour preuue du miracle, encore encore à l'heure,
Par plus de cinq cens ans ce beau nom luy demeure.
Tout l'ouurage parfait on le consacre à Dieu,
Sainct Hugues celebrant comme Euesque du lieu.
Sa pompe solemnelle on ne la pourroit croire,
Dieu s'y faisoit paroistre, & presente sa gloire.
Tous les peuples d'autour enflammez en leurs cœurs
Se trouuent à la feste assouuis des liqueurs
De ces eaux du miracle en l'exceßiue ioye
De voir ainsi de Dieu cette nouuelle voye,
Petits & grands rauis sont en deuotion,
Sous le sainct Patriarche ils font profeßion,
Et la reigle establie on void que IESVS mesme
Tient là sa pieté dans vn degré supresme.

# TROISIEME CHANT.

Ar huict fois le Soleil en ses douze maisons
Auoit parfait son cours & changé les saisons
Depuis que sainct BRVNO viuoit en sa
    Chartreuse
Vne vie Angelique, vne vie amoureuse,
Vne vie consite en toute pieté,
Vne vie contente en son austerité.
Alors qu'Vrbain second nouuellement fait Pape,
Pressé de l'Empereur, choqué de l'Anti-pape,
Hors de Rome, & portant l'Vniuers sur ses bras
Le força de quitter ces celestes repas
Pour l'aller secourir de conseils salutaires
Au salut de son pourpre à tousiours necessaires.
Là il remit l'Eglise en son premier honneur,
En son lustre, en son iour, en sa pure splendeur:
Il reforme les mœurs, restablit le Seruice,
Luy fait instituer de la Vierge l'Office,
Et les trois iours de ieusne à tous les quatre temps,
En l'Hyuer, en l'Esté, en l'Automne, au Printemps:
Pour affermir sa Chaire, & vaincre à toute outrance,
Luy donne des conseils de s'en venir en France
Et tenir vn Concile, assemblé à Clermont,
Dessous Philippe Auguste, où là, il le semond

A la Sainčte Croiſade, & menant vne armée
Sous le Grand Godefroy, pour vaincre l'Idumée,
Le reſtablir puiſſant à Rome ſon vray lieu
Succeſſeur de S. Pierre, & Vicaire de Dieu.

Mais qui pourroit iamais declarer le merite
De ce grand Patriarche en tout ce qu'il imite.
S'il eſt mignon du Pape, il eſt homme d'Eſtat,
S'il eſt Anachorete il en eſt tout l'éclat :
Il excelle par tout : mais comme il fut le Maiſtre
Du Pape en ſon enfance, il ne voulut plus l'eſtre
Apres qu'il fut Pontife au plus haut de deux ans.
Fuyant les dignitez, & l'air des Courtiſans:
Il prend congé du Pape, & va vers la Calabre,
Tant il craint ſur ſon blanc la couleur du cinabre.
Il fut ſuiuy de ſainčts qui prennent ſon habit,
Et qu'il cogneut deuots au temps de ſon credit :
Tous ſe vont retirans aux foreſts plus eſpaiſſes,
Mais voicy que des chiens detachez de leurs laiſſes
Les ayans apperceus de glapiſſantes voix
Faiſoient retentir haut & le Ciel & les bois:
Le cor donne le ſon, tous courent à la priſe,
Le Comte deſcendu, s'eſtonne qu'il aduiſe
Ces ſainčts Religieux à genoux prians Dieu,
Les chiens les careſſans arreſtez en ce lieu,
Luy ſe iette à leurs pieds, les prie de luy dire
Pourquoy la troupe ſainčte en ce lieu ſe retire:
Quand le ſainčt Patriarche eut declaré ſon nom,
Ce luy fut aſſez dit ; Ie m'appelle BRVNON.
Roger qui ſçait combien ce beau nom eſt aimable,
Et combien il eſt ſainčt, & combien venerable

L'embràſſe

L'embraſſe & le conjure à prendre vne maiſon
Qu'il a proche de-là, propre pour la ſaiſon,
Deſſous ſon patronage, autrefois Monaſtere,
Où l'on viuoit jadis d'vne façon auſtere :
Mais à preſent, dit-il, ce n'eſt plus qu'vn deſert,
Abandonné de tous, & de rien ne me ſert.
Tout l'argent neceſſaire à rebaſtir le Cloiſtre,
Refaire le lieu ſainct, l'embellir & le croiſtre,
Et vos neceſſitez, ie vous le fourniray,
A la charge B R V N O N, que voſtre ie ſeray,
Et que de mon Eſtat, pour faire qu'il proſpere,
Vous ſerez à jamais mon Ange tutelaire.
Ce bien-faict luy ſeruit & Capoüe aſſiegeant,
Luy ſuruint vn desaſtre en tous poincts affligeant.
　　Vn Capitaine Grec qu'à ſa garde il prepoſe,
A le trahir la nuict, meſchant, il ſe diſpoſe,
L'heure donnée approche, & le Comte s'endort,
Au plus fort du ſommeil on minute ſa mort.
Lors le ſainct Patriarche apparoiſt à ſon ame,
Tout en larmes pleurant à peine qu'il ſe pâſme.
Qu'auez-vous, dict le Comte en dormant, cher amy?
Auez-vous quelque mal, ou bien quelque ennemy?
Ie pleure ta mort meſme, & des autres fidelles,
Que ie voy, dict le Sainct, par des mains infidelles,
Leue-toy donc & t'arme empeſchant ſi tu peux,
De ceſte trahiſon les efforts malheureux.
Sur le champ il s'eſcrie, allarme ſon armée,
Le traiſtre eſt deſcouuert, & ſa main desarmée,
Le Capitaine Grec ſe ſauue dans les murs :
Ses compagnons ſont pris, conuaincus de leurs mœurs,

Cent foixante deuoient, tous paſſer par les armes.
S. BRVNO s'apparoiſt encore plein de larmes.
Roger meu de reſpect leur faict à tous pardon
Et de leurs corps & biens, il en faict vn pur don,
A ce ſainct Patriarche, & à ſon Monaſtere,
Pour y faire à iamais leur penitence auſtere.

Le Prince de Capoüe ayant failly de coup :
Se rend & capitule & y gaigne beaucoup,
Euitant que par force on ne prenne ſa ville,
Contre Roger ſa fraude eſtant toute inutile.

Le Comte de retour ſe repoſant au lict :
Laſſé du grand trauail qu'en ce long ſiege il prit :
S. BRVNO le viſite, & voyant ce viſage,
Soudain ſe repreſente à ſon ame l'Image,
Qui luy ſauua la vie & ſes Eſtats & biens :
Il luy dict; Ha! BRVNO, que moy-meſme & les miens,
Vous deuons & à Dieu rendre toute loüange,
Voſtre voix, voſtre face, ont eſté mon bon Ange :
Sans vous i'eſtois perdu, la noire trahiſon
Euſt ſans doute deſtruit ma vie & ma maiſon :
A ſon grand Chancelier ſur le champ il commande
De dreſſer vne lettre où la raiſon il rende,
De toute ceſte Hiſtoire, & pour graces à Dieu,
D'auoir ſauué la vie & rendu en ce lieu,
Il donne ſon Chaſteau de S. Iacque & ſa terre :
Qu'il a tout à l'entour & que le mont enſerre,
Iuſqu'à la mer plus proche, & prie S. BRVNON,
Que là il eſtabliſſe, & ſon Ordre & ſon Nom,
Et qu'il n'eſpargne point tout l'argent neceſſaire :
Car à jamais il veut qu'il ſoit ſon tutelaire.

Le Sainct l'en remercie & par grande raison,
De son Ordre il la fait la seconde maison,
Où vint Sainct Laudoüin Prieur de la Chartreuse,
Qui tombe, à son retour, soubs la main malheureuse
De Guibert Antipape, ou pendant sa prison.
Il souffrit tant de maux, en mauuaise saison,
Que l'Anti-Pape mort en sortant tout à l'heure,
Son ame s'en alla faire au Ciel sa demeure,
Premier Martir de l'Ordre, & de luy S. BRVNON,
Fit vn Panegyrique, & loüa son beau Nom,
Et peu de jours apres luy-mesme rendit l'ame,
Qu'on veid voler au Ciel, comme vn Ange, vne flame,
Et soudain que son corps fut mis sous le tombeau,
Du crane de sa teste on veid sortir vne eau,
Courant toute l'Eglise, & lors tout Hydropique,
Tout boiteux, tout perclus, & tout paralytique,
Se jette sur ceste onde, & beuuans à longs traits :
Ils se trouuent gueris, tres-sains, tresparfaits :
On fait son Epitaphe où luy-mesme rend compte
De ce qu'il fut jadis, & ainsi le raconte.

## EPITAPHE.

**M**Oy qui gis sous ce marbre en ce desert aggreste,
Ie suis le Patriarche & premier fondateur,
Pour IESVS-CHRIST, mon Maistre, & mon vray
   Redempteur,
De ceste Bergerie, & ma troupe celeste.
 Ie m'appelle BRVNO, né dedans l'Allemagne,
Le repos desiré qu'on trouue en ces forests,

Me jette en la Calabre & donne à mes secrets,
De la terre au Ciel mesme, vne libre campagne.

Du Sainct sçauoir des Cieux i'estois Docteur en terre,
Homme cogneu de tous en ce rond vniuers :
I'eus par grace d'enhaut vers les bons & peruers,
D'estre fait de IESVS la trompe & le tonnerre.

L'an vnze cens & vn i'eus de la mort victoire,
Et le sixiesme Octobre on a veu de ma chair,
Mon esprit courageux braue se destacher,
Et, mes os au tombeau, s'en aller en gloire.

QVA-

# QVATRIESME CHANT.

E bruit de la *vertu de l'Ordre des Char-
treux
Se porte en tant de parts, on le tient tant
heureux
Que le Roy  S. LOVIS Monarque de
la France,
Desire les auoir tousiours en sa presence.
Basile General enuoye Iosserand,
Et six autres encor : tout ce nombre se rend
Dans Paris, à sa face, & luy comblé de ioye,
S'enquiert de leur estat, de leur vie & leur voye :
Il admire leur Ordre, & dit ; Cherchez vn lieu
A l'entour de Paris pour bien seruir à Dieu,
Ie vous le donneray : ce pendant il les place
A Gentilly, fort prés, pour joüir de leur face.
Sainct Iosserand rencontre vn lieu grandement beau,
Et de grande estenduë, & toutefois sans eau :
C'est vn Palais Royal, non pas loin de la Seine,
De la croupe d'vn mont descendant en la pleine,
Lors tout abandonné, n'estant plus qu'vn desert
Fort antique, en bon air, qu'on appelle Vau-vert,
Assez prés de Paris, & propre à viure austere,
Il le demande au Roy pour faire vn Monastere.
Mon Pere, dit le Roy, ie vous veux donner mieux,

E

Ie l'ay voulu donner à des Religieux
Qui n'ont peu s'en feruir à caufe des tempeftes
Que font là iour & nuiCt les infernales beftes,
Qui depuis quelques ans vfurpent mon Palais
Et n'y fouffrent aucun ny maiftres ny valets.
En la ruë, à l'entour, aucun mefme ne paffe
Que le demon ne frape, & ne bleffe, & terraffe.
    C'eft pourquoy, dit le SainCt, plus nous le defirons,
Parce qu'en noftre objeCt, deuots, nous afpirons
A bannir ce demon hors de toute la terre
Nous le ferons fuïr grondant comme vn tonnerre,
Luy ferons perdre là fon vfurpation,
Son iniufte demeure & fa poffeßion,
Nous portons vn threfor de prix ineftimable,
Nous auons Dieu pour nous, tout grand, tout admirable.
Dieu fur la foy duquel nous ofons nous fier,
Tous les demons enfemble & l'enfer defier.
Sire, ne craignez point, donnez-nous la parole,
Car nous n'auons pas peur qu'vn tel nous contrerole.
Bien donques, dit le Roy, ie vous en faits le don.
Lors ioyeux il s'en va, demande à Dieu pardon,
Implore fon fecours redouble l'abftinence,
Se macere la chair pour faire penitence.
Tous enfemble repeus du tres-fainCt Sacrement,
Se iettent en ce lieu prians enfemblement.
Par trois iours & trois nuiCts le demon fait fes rages,
Ses horreurs, fes efclairs, fes foudres, fes rauages.
Tous les airs font en feu ; la terre va tremblant,
On croit que tout abyfme, & le peuple pleurant
Croit eftre paruenu au dernier iour du monde.

Tant il a de l'effroy du tonnerre qui gronde.
Les Saincts sont toutesfois fermes comme Sion:
Le Ciel s'arme pour eux, & la rebellion
De ces malins esprits est vaincuë aux loüanges
De Dieu, qui les combat par la Vierge & les Anges.
Sainct Michel vient en teste auec ses Legions
Qui chasse ces serpents, ces loups, & ces lions:
Dans l'Enfer il les lie à de puissantes chaisnes,
Ainsi qu'à des forçats il leur donne des gehennes.
L'air se calme tranquile éclairé du Soleil,
Qui sans nuage espais fait paroistre son œil.
Tout le peuple rauy va criant la victoire,
Et s'esclatant de joye en donne à Dieu la gloire.
Par là nous pouuons voir combien tous les Chartreux
Sont d'admirables Saincts, combien ils sont heureux,
Et que s'humilians ainsi que la basse herbe,
Ils foulent triomphans de l'enfer la superbe.
Aussi faut aduoüer qu'ils suiuent pas à pas
Leur Patriarche Sainct iusques à leur trespas,
Et depuis six cens ans, ils sont aussi austeres
Que lors que l'on bastit leurs premiers Monasteres
Et qui les a cogneus vn iour tant seulement,
Il les cognoist au vray tous eternellement,
Et la vie de l'vn est telle en tous les autres,
En effect ils sont tous l'image des Apostres.


F I N.

# INSTITVTION
# DE L'ORDRE DES
## CHARTREVX,
## PAR
# SAINCT BRVNC
## LEVR PATRIARCHE.

*SONNET.*

**B**RVNON oyant la voix de ce mort mi-
   serable,
   S'escriant par trois iours, qu'il estoit iuste-
   ment
   Accusé, condemné, damné par jugement,
S'enfuit, & six encor, sur le mont effroyable.
Hugues le void en songe. Vn concours admirable
   De sept estoiles monte à ce roc pesamment :
   Meu du miracle il donne aux sept en vn moment
   La haulte solitude, à leur vœux aggreable.
De son nom la Chartreuse, ils sont nommez Chartreux,
   Gregoire à Rome void que Dieu mesme par eux
   Y bastit son Palais, & le Ciel de sa gloire.
Ses enfans de VAVVERT marchans à pas esgal,
   Ont les mauuais esprits chassez hors de ce Val :
   Donc de BRVNON, & d'eux, celebrons la victoire.

                            *CORBIN.*